La Magia
de la Amazonia

Las aventuras de Namowë,
un niño Yanomami

Escrito y ilustrado por Barbara Crane Navarro

LA MAGIA DE LA AMAZONIA
Las aventuras de Namowë, un niño Yanomami

©2014 Barbara Crane Navarro.

Softcover, ISBN 978-2-9547461-4-2
Ebook, ISBN 978-2-9547461-5-9

Publicado por Barbara Crane Navarro.

América del Sur

Venezuela

Tierras
Yanomami

Brasil

Los Yanomami viven en la selva amazónica
desde hace más de 10.000 años.
Hoy en día, sus tierras están repartidas entre dos países:
Brasil y Venezuela. La historia de la comunidad
de Namowë es un ejemplo de su manera de vivir.

Los personajes

Namowë: *un niño Yanomami de 13 años*
Wacayowë: *su tío, el chamán*
Yarima: *su hermana, aun bebé*
Anoami: *su madre*
Terowë: *su padre*
Meromi: *su hermana de 7 años*
Serowë: *su mono titi*
Jaguar
Búho
Viejo Guacamayo
Murciélago
Mono Aullador
Anguila Eléctrica
Nutrias
Perezoso
Serpiente
Rana
Planta Mágica
Banano
Yuca
Achiote
Hierbas Ingeniosas
Hierba del Retroceso
Planta Espléndida
Planta Luminosa

Crepúsculo.

Un jaguar se desliza rápidamente y sin ruido entre los árboles persiguiendo el olor almizclado de un venado. Toda la selva resuena con el croar rítmico de los sapos y con el chasquido de los grillos. Apenas puede oírse el revolotear aterciopelado de las alas de los murciélagos. A lo lejos, unos monos aulladores se llaman entre ellos desde la cima de árboles inmensos.

Los pájaros se agitan buscando un perchero; sus gritos son a veces penetrantes, a veces melodiosos o melancólicos. En la oscuridad creciente, el zumbido de los insectos hace vibrar el aire. Estos sonidos dan ritmo a la vida de la selva amazónica desde siempre.

Noche

Las libélulas agujerean la oscuridad con sus efímeras fosforescencias. En esta selva húmeda, los olores insípidos de descomposición se mezclan con el perfume de las flores tropicales.

En el shabono, un gran tejado cilíndrico abierto en su centro en una amplia plaza que deja ver el cielo, vive una comunidad de indios Yanomami. Sesenta personas viven en un pueblo de una sola casa.

El shabono huele al humo de los fuegos; un circulo de fuego del hogar sobre el suelo bajo un toldo de hojas entretejidas.

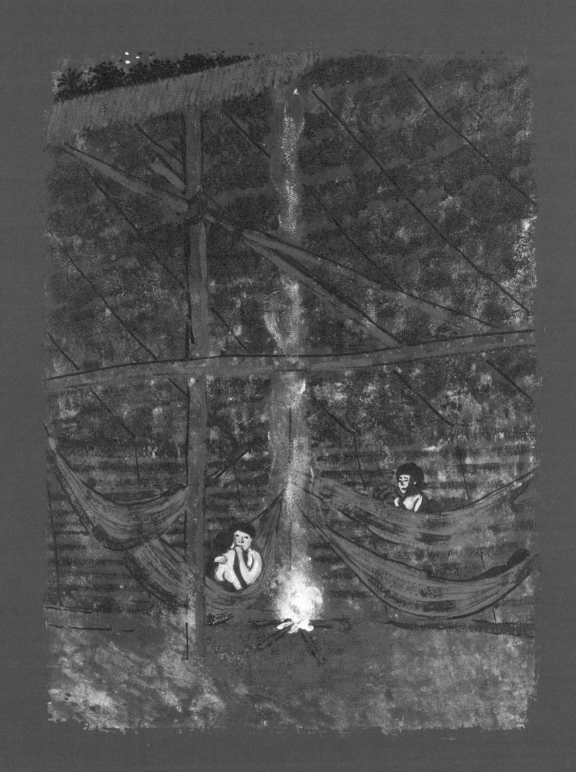

Cada familia dispone de un espacio donde las hamacas se suspenden en torno a un fuego que arde noche y día. Durante la noche su calor calienta los cuerpos entumecidos y su humo expulsa los mosquitos, de día sirve para cocinar. Los niños pequeños duermen en paz en el regazo tibio de sus mamás.

Sólo el chamán, curandero tradicional, uno de los maestros del mundo sobrenatural, gran experto en plantas con las que trata a los enfermos, sigue activo. Cantando invoca a los espíritus de la selva, les invita a entrar en su cuerpo para que lo ayuden a curar a un niño enfermo.

En la tradición Yanomami todo lo que existe es animado por un espíritu: animales, plantas, rocas, ríos, montañas…

En su hamaca Namowë, un muchacho de trece años, escucha con inquietud el canto de Waicaiyowë, su tío, que es el chamán más poderoso de la comunidad.

Serowë, un monito titi, alborotado, sentado en los hombros de Namowë tira de su pelo. Namowë, distraído, enrolla y desenrolla la larga cola del mono alrededor de su dedo.

Yarima, la hermana pequeña de Namowë, aun bebé, está enferma.

Namowë escucha a Waicaiyowë invocar al espíritu de Anaconda:

"Oh, Anaconda, Gran Serpiente de los ríos," le invoca.

"Dame tu frío. Te suplico me guíes por las aguas más profundas para refrescar el cuerpo de esta criatura. Préstame por un momento tu fuerza."

Varias veces implora el chamán al Espíritu Anaconda. Su voz grave domina los ruidos de la noche.

Namowë en vigilia, no puede dormirse. Observa al chamán iluminado por momentos por las llamas danzantes del hogar más próximo. Le ve poniendo sus manos sobre la cabeza del bebé, le escucha llamar a los espíritus y pedir su ayuda. Los Yanomami creen que con el poder de los espíritus se puede curar a su hermana. El chamán acerca sus manos al pequeño, su cuerpo ardiente y lentamente, con esfuerzo, con grandes gestos, intenta extirpar su mal.

Namowë, vencido de cansancio, no puede mantener más sus ojos abiertos y se duerme, arrullado por el canto del chamán.

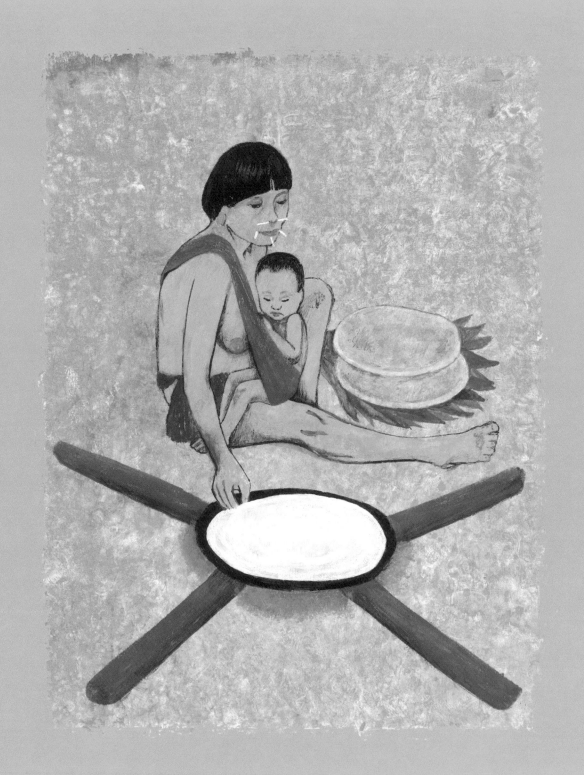

Amanecer

Los primeros rayos de sol se filtran por las copas de los árboles y calientan poco a poca la gran casa. Namowë despierta, se frota los ojos, se estira y se inclina desde su hamaca para observar a Yarima, su hermanita menor.

El bebé duerme aún, envuelto en la amplia banda de corteza flexible que rodea el torso de su madre Anaomi. Se percibe ahora el olor de la crujiente galleta de mañoco que Anaomi cocina sobre las brasas para las próximas comidas... Un poco más lejos, el chamán duerme roncando ruidosamente.

El cansancio de su desvelo pesa aún sobre los párpados de Namowë. A unos metros de distancia, Terowë repara el estabilizador de una de sus largas flechas. De golpe Namowë se pone de pie.

Hoy va a ser un día especial.

Ahora completamente despierto, Namowë recuerda que un día estimulante comienza para él: por primera vez acompañará a los hombres a cazar.

Se libera ágilmente de los pliegues de su hamaca y coge su arco y sus flechas.

Como todos los muchachos Yanomami, practica el uso del arco desde que aprendió a caminar. Comprueba que las flechas estén rectas y verifica cuidadosamente el contenido de su carcaj. Todas las puntas de flecha están allí: las puntas de bambú para la caza mayor, que tiene pocas oportunidades de utilizar y las puntas arpones más útiles para él, para cazar pájaros y peces. También comprueba si lleva la resina para encender el fuego y algunos anzuelos. Todos, sonríen discretamente, viendo al muchacho comprobar con pasión su parafernalia.

Su hermanita de siete años, Meromi, le da plátanos para la merienda ya que la caza durará varios días. Namowë y sus camaradas curarán las presas cazadas a medida que las van atrapando, para traer toda la carne ahumada al shabono y compartirla con los demás.

Durante todo ese tiempo, los cazadores comerán los plátanos que ellos trajeron del jardín y las bayas o los insectos que puedan encontrar a lo largo del camino.

Dejando cerca de su carcaj los plátanos que Meromi le ha dado, pero cogiendo su arco y sus flechas, Namowë se dirige hacia el jardín colectivo buscando a Waicaiyowë.

La hamaca del chaman está vacía…

El chamán tampoco está en el jardín…

Con el ceño fruncido de inquietud, Namowë se sienta sobre un tronco de árbol caído. Serowë come frutos salvajes que ha encontrado en el suelo de la selva mientras que Terowë prepara su arco de proximidad.

"Namowë, voy a buscar los perros de cacería que deben estar ganduleando junto al fuego. Luego nos iremos de caza." dijo Terowë por encima del hombro partiendo hacia el shabono.

Namowë apenas le oye, está muy preocupado por Yarima.

¿Quizá el chamán se adentró un poco en la selva buscando de las plantas que puedan bajar su fiebre?

Un ruido de follaje, es su tío Waicaiyowë avanzando lentamente desde la selva. Sobre él recae la responsabilidad de la sanación del bebé. Él también tiene el ceño fruncido por la inquietud.

Namowë pone su mano sobre el brazo de Waicaiyowë, pero su tío, molesto, la aparta.

"Ten confianza Namowë, no te preocupes, tu hermanita se va a curar. Encontraré pronto las plantas." le asegura Waicaiyowë.

"Esta noche, a más tardar, se encontrará mejor."

"¿Tío, cómo sabes que mi hermanita se va a curar? Es tan pequeña, tan frágil, está tan enferma."

"Namowë, no te preocupes, la curaré."

"¿Pero cómo?" suspira Namowë. "Todos estamos inquietos. ¿Cómo vas a hacerlo?"

"¿No crees en el poder sanador de las plantas?" responde Waicaiyowë irritado. "¿No sabes hasta qué punto ellas me obedecen?"

Sacudiéndose bruscamente sus hojas, la Planta Mágica se pone furiosa.

"¿Obedecerte?" murmura ella, a espaldas de Namowë.

"¡Presiento que puede haber una rebelión aquí!"

Waicaiyowë, incrédulo, exclama: "¿Contra mí?"

"¿De qué hablas?" dice Namowë alzando los hombros.

"No comprendo, tío Waicaiyowë."

Waicaiyowë intenta explicárselo: "Presiento que ya es hora de que me ocupe de ti… es hora de enseñarte ciertas cosas. Quisiera hacerte descubrir algunos secretos que las plantas me han revelado para ayudarme a entender la vida y convertirme en chamán."

Namowë, abriendo inmensos los ojos exclama: "¿A mí? ¿Descubrir qué?"

"¡Estás loco Waicaiyowë!" La Planta Mágica sube el tono de voz, una vez más a espaldas de Namowë. "Creo que vas muy de prisa. ¿Estás seguro de que este niño necesita ser iniciado como chamán? Cuidado porque mañana podrías tener otro enfermo a quien curar. Y además… él es muy joven aún."

"¡Pues claro que tengo prisa! Y pienso que él tiene más de sanador que de cazador."

Namowë está perplejo. "¿Chamán, a quién hablas?"

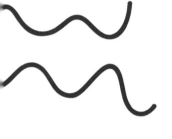

Waicaiyowë imbuido de sí mismo, pregona: "Escúchame Namowë, lo comprenderás más tarde. Cuando las plantas y los animales hablan, sólo los chamánes les entienden."

"¿Más tarde, más tarde?" Namowë mueve la cabeza. "¡Disfrutas, siempre, confundiendo mi espíritu! Tío, deberías darte prisa… ¿No sientes la fiebre de Yarima? Ella está ardiendo, y yo estoy muy preocupado…"

"¿Waicaiyowë, no te da vergüenza?" La Planta Mágica insiste. "¿Qué quieres hacer con este muchacho?"

"Pienso que ya es lo suficientemente mayor para ser iniciado."

La Planta Mágica se indigna. "¿Waicaiyowë, te parece sensato? Estás perturbando a este muchacho. ¿No ves que ya es bastante infeliz?"

Namowë observa alternativamente a Waicaiyowë y a la Planta Mágica con sus temblorosas hojas, y pregunta: "¿Dime chamán, es esta la planta que va a curar a mi hermanita pequeñita?"

"Sólo en parte… Las plantas tienen mucho poder pero no tanto como yo."

"¿Qué?" La Planta Mágica refunfuña. "¿Oyeron lo que dice?"

"Chamán… ¡Cómo exageras!" añade el Plátano. "¿Sabes lo que pasa cuando nosotras nos enfadamos?"

Levantando una de sus raíces del suelo, con una risa sarcástica, la Yuca sugiere: "¿Tendré que ponerle la zancadilla?"

El Búho intenta hacerlos entrar en razón. "Cálmense plantas… ¿Qué sería de ustedes sin los cuidados que Waicaiyowë les prodiga?"

"¡Cierra el pico, pájaro!" dice el Achiote, irritado. "¡No es asunto tuyo!"

El Murciélago no está de acuerdo. "Lo lamento… pero también es asunto suyo. La armonía de la selva es asunto de todos."

Namowë previene a su tío: "¡Cuidado Waicaiyowë! ¡Mira! ¡La Yuca intenta cogerte el pie!"

Serowë, desde el hombro de Namowë, sacudiendo su pequeño puño, grita: "¡Eso le enseñará a respetarnos!"

"¡Waicaiyowë es demasiado orgulloso, está muy seguro de sí mismo!" agrega el Murciélago.

El Achiote está de acuerdo. "Waicaiyowë se cree el más poderoso de los chamánes."

El Búho, tan alterado como los demás, observa: "¡Waicaiyowë se cree el ser más poderoso de la selva!"

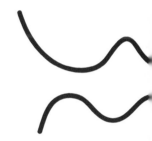

"Las plantas dan el poder al chamán." Dice la Yuca: "¡Quienes mandan no son los chamánes!"

El Achiote ordena: "Saquen de acá a ese brujo viejo…"

"Se irá furioso dentro de un momento." Añade el Murciélago: "Ya verán."

El Perezoso, inclinándose desde su rama, asiente con la cabeza y dice lentamente: "¡Ya es hora!"

La Serpiente y la Rana, que escuchaban la conversación, asienten con la cabeza en señal de aprobación. El tío Waicaiyowë se va furioso. Namowë, fascinado por las raíces de la Yuca en movimiento, no ha visto nada.

Namowë mira a su alrededor. "Waicaiyowë, ¿dónde estás?"

El Achiote ríe entre dientes: "Él no se ha dado cuenta de que su tío se fue."

"¡Que arrogancia la del viejo brujo!" grita el Murciélago.

"¡Creo que se le deberían retirar sus poderes!"

"¡Para siempre!" abuchea la Yuca. "¡Y así podríamos iniciar a Namowë nosotros mismos!"

Serowë susurra al oído de su amigo. "Namowë, te digo muy en serio, que deberías interesarte un poco más por lo que pasa a tu alrededor."

Namowë acomoda su arco y sus flechas contra un árbol caído. Sentado allí, con el mentón entre sus manos, después de un largo momento de reflexión, se exclama: " Claro… es evidente, si se necesitan las plantas para curar, es innegable que son las plantas las que saben curar."

La Yuca se regocija. "Observen todos… me da la impresión que Namowë empieza a despertarse un poco…"

Namowë se asombra. "¡Pero son ustedes muy parlanchinas para ser plantas!"

El Plátano, aturdido, se da cuenta de que Namowë les oye. "Es nuestro sino. Siempre hablamos más de la cuenta. Y no hay nadie para escucharnos, casi nunca."

Namowë, abriendo los brazos hacia las plantas, pregunta: "¿Eh… acaso ustedes han hecho todo lo que está en su poder para curar a mi hermanita?"

El Achiote, alterado, exclama: "Hermanas mías, tengo la impresión que hemos hecho una barbaridad… iniciando a este muchacho."

"Estamos todos de acuerdo," indica la Yuca. "No es la primera vez que Waicaiyowë se muestra demasiado insolente con nosotros. ¡Pienso que es tiempo de darle una lección!"

Namowë protesta. "¿A costa de un bebé?"

"Ahora no hay ninguna razón para no mencionarle la Planta Luminosa," suspira el Achiote. "En esta estación, esta planta medicinal no se puede encontrar sino en la montaña del Jaguar."

El Búho les recuerda: "Ustedes saben muy bien que Waicaiyowë siempre ha tenido miedo del Jaguar. Nunca ha querido ir a la montaña. Ahora ya es demasiado tarde."

Perplejo, el Achiote pregunta: "¿Por qué demasiado tarde?"

Por un lado, dudo que el joven logre encontrar las plantas necesarias en la montaña." balbucea el Viejo Guacamayo. "¡En cuanto al viejo, él es demasiado orgulloso… y testarudo!"

"Hay que encontrar una buena solución." dice el Achiote. "Debemos encontrarla ahora."

El Plátano se crispa. "Fuiste tu, Yuca, quien tuvo la idea de iniciar a este muchacho. Ahora, eso no hace sino agravar el problema. Arréglatelas para solucionarlo. No soy un experto. Me retiro."

El Búho intenta calmarlo… "¿A ver, qué es lo que pasa? Ahora todos estamos implicados. Todos… La solución, debemos encontrarla juntos. Finalmente, puede ser que el chico deba ir a la montaña del Jaguar."

"Entonces, hay que encontrar a otro brujo," proclama el Achiote, "Un verdadero chamán."

Namowë exclama, furibundo: "¡Eh, oigan! Ustedes hablan como si yo no los escuchara."

La Yuca piensa en voz alta, ignorándolo. "Puede ser que tu tengas razón, Achiote, pero un chamán… un chamán de verdad no se improvisa."

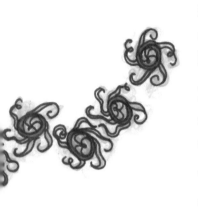

"Dime, Yuca, ¿se trata de un complot?" pregunta Namowë irritado. "Pónganse de acuerdo... lo entendería... una querella entre curanderos. Pero... un complot... contra mi hermanita, no lo perdonaría nunca."

La Yuca se pronuncia con convicción: "¿Qué les decía yo desde el comienzo? Namowë deberá ir a la montaña del Jaguar y nosotros debemos darle toda la ayuda que podamos."

"Acepta nuestra modesta contribución, Namowë." dice con dulzura la Planta Mágica. "Acá tienes varios pétalos de la Planta Espléndida los que te ayudarán a encontrar tu camino a través de la selva en la montaña del Jaguar. La más importante de las plantas, la Planta Luminosa, necesaria para curar a tu hermana, se encuentra allí. Ahora te corresponde escuchar a las plantas y aprender para volverte curandero."

Un manojo de plátanos cae al suelo. "Toma muchacho." dice el Plátano, "Tu misión será difícil, necesitarás comer..."

El chico se encuentra tan confundido y asombrado que toma los pétalos y los plátanos que le han ofrecido, pero olvida su arco y sus flechas detrás de él.

Lleno de emoción, después de haber entendido lo que querían de él las plantas, abandona el jardín, aturdido.

Mientras que el sol sube a lo más alto en el cielo, Waicaiyowë canta. Invoca ansiosamente a los espíritus.

Waicaiyowë está preocupado. No está tan seguro de lograrlo... Las plantas decidieron vengarse de su arrogancia.

Falta, también, la planta esencial para sanar sin falla a la pequeña Yarima.

"Wadihé, heïyiheïyihe...

Wadihé, heïyiheïy Wadihé...

Wadihé, heïyëhê planta sanadora, te invoco...

Oh tú, Gigante de las Aguas,

Espíritu de la Anaconda, ven, ayúdame,

Necesito tu frío,

Necesito tu fuerza,

Las plantas me han abandonado."

O

Q

Silencio

Los espíritus están desesperadamente mudos.

Waicaiyowë danza, su cara y su cuerpo están pintados con símbolos…

Pero parece invocar en vano a los espíritus… "¿Ustedes también… Espíritus… Me abandonan? ¿Qué les he hecho? ¿Qué he dejado de hacerles? Les he rendido todos los homenajes, les he hecho todas las ofrendas. Siempre he realizado todos los rituales… Espíritus… Anaconda…Wadihé, heïyiheïyê…"

Silencio

Mientras tanto, Namowë, fijando la vista en la lejanía, permanece inmóvil, sujetando las plantas que se le confiaron. Los cazadores y sus perros llegan dispuestos a irse a la selva.

Su padre se asombra al verlo sólo con algunas plantas en la mano y con la expresión perdida. "Pero Namowë, no pareces listo para venir de caza con nosotros. ¿Qué te ocurre? ¿Dónde está tu carcaj? ¿Dónde están tu arco y tus flechas?"

Namowë se explica: "El espíritu de las plantas no quiere que vaya con ustedes, Papá…"

"¿Desde cuándo te hablan las plantas? ¿Te crees chamán? ¿De quién te burlas?

Vamos, prepárate que ya es hora, se hace tarde…vas a dejarme en ridículo."

"Te lo aseguro papá, no tengo otra opción, no es que yo lo quiera. Las plantas lo decidieron… Yarima debe ser sanada."

"Pero esto es trabajo de mi hermano Waicaiyowë. A propósito, no le hemos visto esta mañana. ¿Tienes idea de dónde puede estar?"

Namowë insiste. "Es necesario que yo le ayude. Si no le ayudo, Yarima podría no curarse. Tengo que ayudar a Waicaiyowë."

"Waicaiyowë puede valerse por sí mismo. ¿Qué es lo que ustedes dos están tramando? ¡Tú eres muy joven todavía para ser chamán!

Apúrate, ven con nosotros."

"Te aseguro papá, yo preferiría ir a cazar con ustedes, pero las plantas me ordenaron que buscara lo necesario para que mi hermanita se cure… y no parecía, en absoluto, que quisieran ayudar a Waicaiyowë… ¡Sino al contrario, parecían furiosas contra él!"

Otro cazador se impacienta. "Qué clase de historia absurda es esta … ¿Lo oyen ustedes? A Namowë le da miedo venir a cazar con nosotros… Lo de las plantas es una excusa…"

Waicaiyowë aparece de pronto y intenta calmar a los cazadores.

"Namowë tiene razón, las plantas lo eligieron. Ustedes deben ir a cazar sin él."

Terowë le mira con asombro. "Hermano, no sé qué pensar. Si tu dices que los espíritus lo ordenan así, es mejor que Namowë te ayude como tú lo dispongas…"

Waicaiyowë poniéndole la mano en el hombro. "Bien dicho hermano. ¡Venga! Yo me ocupo de todo."

Terowë asiente con la cabeza y hace un gesto hacia la selva.

Los cazadores, silenciosamente, se ponen en movimiento, uno detrás de otro. Se deslizan como sombras bajo los gigantes árboles de la selva.

De vuelta a la aldea, Waicaiyowë aconseja a Namowë que se haga pintar la cara y el cuerpo. Meromi va a buscar la bola de pigmento marrón rojizo cuyas semillas proceden de la planta Achiote.

"¿Cómo la pintura va a proteger a mi hermano, Tío Waicaiyowë… Puedes explicármelo?"

Waicaiyowë refunfuña: "Me preguntan muchas cosas últimamente… sobre todo los niños. La fuerza protectora de la planta Achiote es muy importante, deberías aprender más sobre el tema. Si todavía no se conoce el sentido exacto de estos dibujos tradicionales, sus colores poseen gran importancia. El rojo, por ejemplo está asociado con la sangre y la vida. El negro con la noche, la muerte, la guerra. El blanco con la luz y la paz.

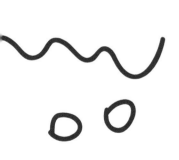

Y tú Namowë, para seguir… para ir donde tienes que ir, mas te vale que los espíritus te puedan leer a través de los símbolos pintados. Pero créeme, pienso que no deberías ir.

¿Dónde está el Jaguar?" "No, de ningún modo…"

"¡Ten cuidado Meromi! No te olvides de pintarle toda la cara y el pecho…"

"Tu lo sabes Namowë," continua su tío… "Tu conoces mi opinión, no deberías ir. Yo no tengo derecho a prohibírtelo. No creas que con esto te esté animando. Y si vas, no olvides que te avisé…"

"¿Y no crees tío, que para mí, no hubiera sido mejor ir a la cacería?" sugiere Namowë suspirando.

Waicaiyowë se enoja: "¡No me avergüences Namowë! ¡Toma este canasto para recoger las plantas, y vete!"

Namowë pone la correa en su frente y luego coloca en su espalda el canasto conteniendo los pétalos y los plátanos. Antes de alejarse le da un beso en la ardiente frente a su hermanita enferma.

Cuando Namowë deja el pueblo, su mono Serowë se le sube a la cabeza, y enrolla con sus deditos mechones de su pelo. El Viejo Guacamayo, el Búho y también el Murciélago le siguen volando. El Mono Aullador le sigue, él también, balanceándose de liana en liana.

Dando pasitos pequeños Meromi los acompaña, ella también, con su propio canasto suspendido de su frente.

Namowë pone su mano sobre el hombro de Meromi.
"Cuando lleguemos al estanque, te dejaré con las mujeres, mientras ellas terminan de pescar. Yo debo continuar. No puedo llevarte conmigo, tú no caminas suficientemente rápido, y además…"

Meromi le interrumpe suspirando. "Lo sé Namowë, lo sé," bajando el hombro para retirar la mano de Namowë.

A la orilla del estanque, las cestas están listas para la pesca. Antes, las mujeres habían aplastado las raíces de barbasco y después las han sacudido en el agua para aturdir a los peces. Ahora, ellas mismas pueden simplemente recoger con la mano los peces aturdidos y meterlos en los canastos. Una de las mujeres se prepara para entrar en el agua con el canasto que acaba de tejer. Se le acerca otra mujer y la coge del brazo para detenerla…

"¡Espera en la orilla! En todos los estanques de nuestro territorio hay siempre una de esas anguilas eléctricas que merodean y nos amenaza con sus descargas… esas descargas eléctricas son demasiado peligrosas… ¡Imposible pescar en esas condiciones! Es una vergüenza que no esté aquí con nosotras un hombre para matar con su lanza la anguila."

Una de las mujeres le recuerda: "Los hombres se fueron todos de cacería. Es el primer día que Namowë los acompaña."

"Lo dudo, aquí está."

Cuando Namowë aparece, mirando siempre al frente, no le dirige la palabra a nadie; las mujeres comprenden que está siguiendo un ritual.

Su tía le pregunta: "¿Qué haces tú aquí, Namowë, tan bien pintadito?"

Meromi explica, muy orgullosa de su hermano: "Va en busca de las plantas que curarán a Yarima."

Las mujeres responden echándose a reír: "¡Vaya ocurrencia tan divertida!"

Namowë se indigna. Se detiene y posa su canasto. "Tú, tía mía, te burlas de mí… Te lo aseguro… Todas las plantas del jardín cuentan conmigo, y Waicaiyowë también."

"Mientras esperas embarcarte en tu tan importante misión, podrías al menos ayudarnos a matar la Anguila Eléctrica. Tenemos miedo de iniciar nuestro trabajo…"

Namowë se mete en el agua para hablar con la Anguila.

"¡Cuidado Namowë! ¡No puedes meterte en el agua así! ¡La Anguila Eléctrica, te va a atacar!"

Namowë se vuelve hacia su mono Serowë. "Cuando uno se halla, frente a una anguila eléctrica, hay que dejarle el beneficio de la duda."

La Anguila le sonríe, mostrando sus dientes puntiagudos. "¡Gracias muchacho! ¡Benditas serpientes! Te debo una. ¡Por primera vez me siento tratada con respeto, te lo juro!"

"Escúchame Anguila, mi tía y sus amigas, también, necesitan peces. Te molestaría alejarte un instante para que ellas no tengan miedo de ti… una vez terminada la pesca tu podrás regresar a tu gruta…"

"¡Apenas un minuto!" la Anguila Eléctrica se ríe sacudiendo la cabeza. "Espera hijo. Y entonces, yo, ¿qué voy a comer?"

"¡No te preocupes! Peces, hay en cantidades aquí, no temas…
Hay para compartir… cuando ellas se hayan ido, todo estará igual
que antes. Por favor, no puedo pasar el día entero explicándotelo…
Me tengo que ir a la montaña sagrada a buscar allí una planta, en
el territorio del Jaguar…"

De pronto, sacando sus cabezas del agua, las Nutrias los
interrumpen hablando todas a la vez, y es la Anguila Eléctrica
quien debe traducir sus palabras a un Namowë aturdido.

"Brbrbrbrbrbrbrb."

"¡Caramba! ¡Este no es un trabajo para un niño… tienes
problemas, chico!"

"¡OK! ¡Listo, acepto!" exclama la Anguila Eléctrica. "Desaparezco mientras ellas llenan sus canastos, ¿de acuerdo? Tengo que admitir que salgo muy poco últimamente… ¿Y tu Jaguar? Eso no va a ser un juego de niños… He oído hablar de tu Jaguar… Nada bueno, en absoluto. Nada bueno. No señor, nada bueno… un chico complicado, por nada muerde, un verdadero terror… a mí me deja tranquila, de todos modos viene muy poco por acá. Deberías hablar de ese tema con mi amiga Nutria a quien le falta una oreja, el Jaguar se la comió, menos mal que le tiene pánico al agua el Jaguar, sino se la habría comido enterita… palabra, deberías desconfiar del Jaguar… ¡Más vale ser prudente!"

Entonces aparecen las Nutrias haciendo un ruido acuático infernal, la Anguila Eléctrica les pregunta: "¿Ustedes qué opinan?"

"Brbrbrbrbrbrb Brbrbrbrbrbrbrb… Nuestra amiga, hasta no hace mucho… no había podido superarlo… todavía no se ha recuperado. Es una nutria traumatizada."

"¿Qué te había dicho?" repite la Anguila Eléctrica a Namowë. Después se dirige a las nutrias: "Namowë debe ir a la montaña del Jaguar… ¿Ustedes tienen alguna idea?"

Las Nutrias desaparecen bajo el agua para volver de inmediato con un ramo de Hierbas Astuciosas que le entregan a Namowë.

Las Nutrias explican: "Brbrbrbrbrbrbrb..." Y la Anguila Eléctrica sigue traduciendo en un tono misterioso: "Toma esto Namowë, las Hierbas Astuciosas te ayudarán a encontrar tu camino hacia la montaña… Este es un manojo de hierbas acuáticas.
Es concretamente, la Hierba Astuciosa… Hay que sumergirse hasta el fondo para encontrarla. Ella te preservará de muchos males… y algunos, frotándose con ella, llegan incluso a obtener todo lo que desean…"

Namowë gira los ojos. "No deseo nada más que la curación de mi hermanita. Esta planta… ¿también puede curar la fiebre de Yarima?"

La Anguila Eléctrica continúa traduciendo lo que dicen
las Nutrias.

"Por desgracia no, Namowë. La fiebre de tu hermanita podría
haber sido causada por los intrusos de la selva, una enfermedad
traída por los que vienen a robar metales y maderas que ellos creen
preciosos. Sólo algunas plantas especializadas pueden combatir
las enfermedades traídas del exterior… nuestra Hierba Astuciosa
no sabrá protegerte sino del relámpago… y de algunas picaduras
de insectos que podrás encontrar en la ruta. La planta no es
todopoderosa… pero de todos modos te puede guiar hacia
la montaña."

Meromi y las mujeres rodean a Namowë expresándole su asombro
y gratitud.

Precedido de un suspiro profundo, Namowë deja el soleado
estanque y se adentra en la densa sombra de la selva.

Después de varias horas de marcha, Namowë empieza a
preocuparse. Tiene la impresión de que está dando vueltas en
la jungla…

Los animales que lo acompañan se preguntan: "¿Qué hace?" pregunta el Viejo Guacamayo a los otros. "¿Alguna idea? ¿Está perdido o qué?"

El Mono Aullador observa con ternura: "Tengo la impresión de que sobre todo está cansado."

"Pero él no hace mucho tiempo que camina…" dice el Murciélago.

"No, creo que está completamente perdido." insiste el Búho. "Les apuesto algo a que ha pisado la Hierba del Retroceso."

El Murciélago se muestra consternado. "¡Cualquiera que inadvertidamente pisa esa hierba pierde su orientación! ¡Namowë se ha perdido totalmente! ¡Ni la Hierba Astuciosa puede ayudarlo!"

Serowë, a su vez, se inquieta. "¡Podrá tomar cien veces todos los caminos sin encontrar la dirección correcta!"

El Mono Aullador piensa en voz alta que no será liberado de ese sortilegio sino con ayuda de la Planta Espléndida.

El Murciélago grita, excitado: "¡La Planta Espléndida!"

"¡La lleva en su canasto!"

"¡No estoy perdido!" insiste Namowë. Sólo que tampoco sé donde estoy. ¡Oigan! ¿Ustedes me quieren ayudar?"

El Búho le aconseja trepar a un árbol. "Necesitas ver claro desde allí, toma altura… no necesitas ser un pájaro para saber qué camino tomar."

Namowë sube, prudentemente al comienzo, rama a rama…

De golpe, el rugido de un jaguar suena como un trueno. Namowë cae brutalmente al suelo.

Mientras se palpa su rodilla dolorida, saca La Hierba Espléndida de su canasto…

Sorprendido al ver que la planta deja caer sus semillas en la dirección por donde él debe ir. Se sienta un instante reposando la espalda contra un árbol a esperar que el dolor de su rodilla se calme y… se adormece.

El Viejo Guacamayo, se enoja. "El muy imbécil se durmió."

Serowë lo defiende: "Al pobre, el cansancio de la caminata y la caída del árbol le han podido…"

"Si hubiera utilizado la Planta Espléndida para guiarse," observa el Viejo Guacamayo, "¡Y si no hubiera caminado sobre la Hierba del Retroceso como un idiota!"

"¡Dormirse es la última cosa que tenía que haber hecho!" refunfuña el Murciélago.

El Mono Aullador también le defiende: "Él estaba demasiado cansado de tanto dar vueltas sin rumbo en esta inmensa selva."

El Viejo Guacamayo se inquieta. "¡Es un problema enorme! Desde que pisó la Hierba del Retroceso, no está solamente perdido, ahora está también en otra dimensión. Mientras que él duerme, podría ser transformado en la primera cosa que toque, sin importar si es un plátano o un tapir. Y eso… eso… ¡eso podría ser algo terrible!"

"Debemos protegerle." exclama el Murciélago.

El Mono Aullador aconseja: "Tú Murciélago vete, ¡Desaparece! ¡Imagínate solamente que él podría transformarse en murciélago como tu!"

El Murciélago se indigna. "¡Más le valdría! Así llegaría mucho más rápido al territorio del Jaguar. Por mi parte, mientras ustedes discuten yo hubiera podido ir y volver varias veces…"

"¡Las cosas son ya suficientemente complicadas! Por favor, Murciélago, no las hagas mas difíciles." le dice el Búho.

El Murciélago grita: "¡Alerta! ¡Miren, una mariposa!"

El Mono Aullador les anuncia a todos: "El Viejo Guacamayo no quiere ver a ningún ser vivo cerca de Namowë hasta que él se despierte, punto. ¡Obedézcanle!

"Sólo espero que no veamos pasar por aquí a ningún pájaro-libélula." implora el Murciélago… "Sería una catástrofe."

La frente de Serowë se arruga por el esfuerzo. "¿Si Namowë se transformara en ese animal, que va a pasaría?"

"No estoy seguro." dice el Viejo Guacamayo. "Pero me preocupa."

El Murciélago se pregunta: "¿Hablas de ese pájaro misterioso que tiene patas de insecto y que vuela incluso durmiendo?"

"¡Demasiado tarde!" aúlla el Mono Aullador. "¡Mírenle! ¡Ahí está!"

El Viejo Guacamayo lanza un grito ronco. "¡Es un pájaro-libélula! ¡Aterriza sobre el pecho de Namowë! ¡Se inclina para mirar dentro de su canasto! ¡Se va!"

Namowë se despierta y ve con horror que le crecen plumas.

Serowë, sobre la cabeza de Namowë, está desesperado. "¡Amigo mío, amigo mío! ¡Ayúdenme! ¡Hagan algo!"

Namowë chilla: "¡Squak Squak Squak! ¡Auxilio! ¡Tienen que impedir que esta transformación vaya a más! ¡Squak Squak Squak! ¡Ayúdenme rápido!"

El Búho aconseja: "Si él pudiera escupir tres veces sobre su brazo derecho, la transformación no duraría mucho tiempo."

Namowë lo lleva a cabo. Escupe mientras tiene aun boca, pero se le está convirtiendo poco a poco en pico. Serowë salta precipitadamente dentro del canasto que Namowë toma luego entre sus patas.

Namowë despega, luego vuela sobre la selva. "¡Partimos!"

Al Búho, al Viejo Guacamayo y al Murciélago apenas les da tiempo de seguirle. El Mono Aullador acompaña al trío, como siempre, balanceándose con destreza de liana en liana.

Namowë-Pájaro-Libélula se posa sobre un árbol para hablar con el Búho que se cuelga de unas ramas próximas.

En ese momento aparece el Jaguar.

Todos se quedan petrificados salvo Namowë-Pájaro-Libélula quien se precipita entre los árboles manteniéndose a distancia del Jaguar.

Namowë le suplica: "Oh tú, Gran Jaguar,
Guardián de la Montaña Sagrada,
¿Puedes ayudarme, por favor?"

El Jaguar, suspirando, sacude su enorme cabeza.

"No soy el guardián de nada, Pájaro-Libélula.
Todo el mundo se imagina que tengo
un territorio inmenso… Ya no tengo territorio,
ya no tengo selva. Cada vez más hombres vienen a robar las
riquezas de esta selva. Queman árboles centenarios y excavan la
tierra. Exterminan todo lo que encuentran…

Mi territorio está en vías de extinción.

¿Por qué quieres hablarme, Pájaro-Libélula? ¿Y a dónde vuelas así?"

Sacando la cabeza del canasto, Serowë suspira, él también. "A mí
lo que me quita la esperanza es ver a un Jaguar sin esperanza.
No se puede juzgar a todos los Jaguares por su mala reputación…"

El Jaguar observa el canasto que resbala despacito de las patas de
Namowë. "¡Cuidado con tu canasto, Pájaro-Libélula, se te va a caer!"

Serowë grita, agitado: "¡Demasiado tarde!"

El Jaguar, inspeccionando el canasto que contiene algunas hojas y al monito, pregunta: "¿Qué hay aquí adentro, Pájaro-Libélula?"

Namowë protesta. "¡No soy un Pájaro-Libélula!"

"Oh, Jaguar, Soy un niño a quien las plantas le están jugando malas pasadas. Estoy lejos de mi casa. Ellas me enviaron a hacer un largo viaje hasta la montaña para buscar las plantas medicinales que van a curar a mi hermanita… ¿Puedes ayudarme?"

Le Jaguar se ríe. "¡Vaya historia tan divertida! ¡Je, je!"

El Viejo Guacamayo le implora: "Te lo aseguro, deberías ayudarle."

El Jaguar, mirando desconfiado, dice: "¿Yo? ¿Y yo qué tengo que ver en ésta historia?"

El Búho insiste: "Viejo, ¡Tu reputación, tu imagen! ¡No tienes escapatoria!"

El Jaguar ruge. "¿Y… si yo no estoy de acuerdo ? ¿ Si él vuelve a convertirse en un chico y me lo como? Uhm… ¡La golosina… je, je!"

"Deberías ayudarle primero y después hablamos." interviene el Murciélago.

El Viejo Guacamayo sabio, lo calma. "Tú eres noble, Jaguar."

El Jaguar vuelve a suspirar: "Bueno, bueno… Está bien…"

"¡Eh, Namowë ha vuelto a ser normal!" grita Serowë. "¡El hechizo ha terminado!"

El Jaguar dice suavemente: "No te preocupes, Namowë, los Espíritus admiran tu coraje."

Namowë lanza, él también, un suspiro. "Jaguar… tranquilízame un poco más. ¿Qué quieren los espíritus?"

"Que los ayudes. Todo el mundo ha oído hablar de tu tío. Se ha vuelto insoportable. ¿Acaso cree que lo sabe todo? Cada vez es más arrogante con las plantas.

Quiere hacer su voluntad y, pase lo que pase, no quiere perder su reputación.

Tienes que reaccionar."

"¿Jaguar, y mi hermanita?"

"Pronto va a ser la hora de regresar a casa, chiquillo. El Búho
y el Viejo Guacamayo han volado hasta el lugar más alto de la
montaña donde se encuentra la Planta Luminosa. Ellos van a llenar
tu canasto con todo lo que debes llevar contigo…"

"¡Mira! ¡Ahí están! ¡Ya regresan!" exclama Serowë, gesticulando en
dirección al cielo.

Los dos pájaros se acercan llevando el canasto entre sus garras.

Más cerca… Cada vez más cerca… En seguida, colocan el canasto
lleno de Plantas Luminosas en el suelo frente a Namowë.

El Jaguar baja su enorme cabeza para permitirle subir sobre su
ancha espalda. Namowë sube con precaución sobre el lomo cálido
y velludo del Jaguar.

Con nerviosismo, Serowë salta del hombro hacia la cabeza
de Namowë, agarrando firmemente su pelo y ubicándose
lo más lejos posible de los colmillos del Jaguar.

Namowë asegura el canasto colocando la correa sobre su frente. Lo suspende a su espalda en equilibrio con el fin de asegurar que ninguna de las Plantas Luminosas caiga durante el camino de regreso.

Tímidamente, Namowë coloca sus manos sobre la espalda del Jaguar.

Mientras que el Jaguar voltea los ojos y se burla de su indecisión, el chico aprieta muy fuerte. Se aferra aún mas fuerte, bajando la cabeza para no golpearse con las ramas, cuando el Jaguar avanza a través de la selva saltando por encima de las rocas y sobre los troncos de árboles caídos.

El viejo Guacamayo y el Búho vuelan muy alto en el cielo, sobre la cima de los árboles, sin apartar la vista del Jaguar; el muchacho y el monito se desplazan por la selva a ras de suelo.

"No sé que pensar de este medio de transporte…"

El Búho lo tranquiliza: "El Jaguar sabe que es el medio mas rápido para llevar las plantas medicinales al pueblo."

"Yo no se…" refunfuña el Viejo Guacamayo, sacudiendo el pico.

El Murciélago también sobrevuela la jungla vigilando al Jaguar.

El Mono Aullador los sigue igualmente, de mas lejos que de costumbre, balanceándose de liana en liana bajo los inmensos árboles…

El pequeño grupo desciende de la montaña tan rápido como puede.

Desde que se aproximan al jardín comunal, los perros de caza salen, ladrando ferozmente. Namowë les habla para calmarlos. Uno de los cazadores al ver al Jaguar, tiende su arco y su flecha. Pero su gesto es de inmediato interrumpido por la Yuca quien le pone una zancadilla y lo hace caer.

Cuando se acercan al shabono, los habitantes del pueblo se reúnen alrededor de ellos, estupefactos al ver a Namowë de regreso, seguido por todos esos animales.

Las plantas se regocijan con el nuevo y joven chamán. La Yuca intercambia un cómplice saludo de cabeza con el Achiote.

Namowë entrega el canasto de las Plantas Luminosas a Waicaiyowë y éste las prepara como bebida medicinal para el bebé. Cuando Anoami viene a su encuentro con Yarima en sus brazos, Waicaiyowë da de beber dulcemente la decocción al bebé.

La satisfacción sin modestia de Waicaiyowë se deja ver en su enorme sonrisa. Waicaiyowë, terminando una historia que ha dejado escépticos a todos, anuncia a la comunidad: "Todo esto es gracias a mí, soy yo quien a tenido la idea…"

Las reglas tradicionales de la hospitalidad se aplican simplemente.
El Jaguar, el invitado de honor, y se le da la bienvenida en una
hamaca donde puede recostarse, luego se le ofrece comida.
Las mujeres tienen cuidado para que sus patas no traspasen
la malla de la hamaca, antes de comenzar los preparativos para
la fiesta de celebración por el regreso del joven chamán y la
curación de Yarima.

El Búho y el Viejo Guacamayo se montan sobre el Jaguar.
El Mono Aullador y el Murciélago se cuelgan a proximidad.

El shabono vibra de felicidad. Todos se arreglan bellamente.
El pigmento rojo claro del achiote es extendido sobre la piel y las
manos. Sobre ese fondo, los dibujos geométricos al achiote oscuro
o en negro de carbón de madera, son trazados con ayuda de unas
ramitas pequeñas.

Una vez terminadas las pinturas corporales, todos se pegan, uno
al otro, plumitas finas blancas en el cabello con una sustancia
pegajosa, extraída de la cáscara de plátano.

Los hombres despliegan en abanico plumas de colores vivos
debajo de sus brazaletes de cola de mono y cuelgan en sus espaldas
collares de perlas y plumas pegadas sobre bandas hechas también
de cola de mono.

Por tradición, las mujeres se introducen bastoncitos finos en la base de la nariz y en la comisura de los labios. Se adornan las orejas con pequeños ramos de flores salvajes y cruzan en su pecho y en sus espaldas collares de perlas.

Balanceando sus cuerpos al ritmo de sus pasos, los hombres esgrimen hachas, machetes, arcos y flechas y algunos también grandes ramas de palma con las hojas deshilachadas en cintas delgadas, sacudiéndolas para hacer la mímica del vuelo de los pájaros.

Después de la ceremonia, toda la comunidad comparte una gran comida. Los cazadores están orgullosos de haber traído tanta carne y las mujeres tanto pescado. Algunos están recostados en sus hamacas, otros están de cuclillas, apoyados sobre troncos, o sentados en el suelo. Las conversaciones son animadas. Por momentos irrumpen risas y un murmullo de voces llena el shabono.

El cielo se enciende al atardecer. Los hombres evocan la preocupación que les causa la presencia de extranjeros en su territorio. Devastan la tierra y envenenan los ríos. El ruido ensordecedor de sus máquinas atemoriza a los animales. Tumban tantos árboles que zonas enteras de la selva desaparecen. Peor aún, los Yanomami se ven afectados por males desconocidos y los chamanes tienen grandes dificultades para combatirlos.

Crepúsculo

Los sonidos de la noche se despiertan uno tras otro. Namowë escucha las conversaciones y percibe en las voces la inquietud. ¿Qué hacer contra los intrusos? ¿En qué se convertirá la selva cuando él sea mayor?

El croar de las ranas en el río es casi ahogado por el chillido de los grillos. Namowë se recuesta en su hamaca con Serowë agarrado a su cabello. Su mirada soñadora se pierde en los millares de estrellas que titilan en la noche amazónica. La luna no ha subido aun.

Pronto, en la casa grande, todo no será más que paz y silencio.

Diseño

Peggy Ford-Fyffe King
www.pffk.net

Mis agradecimientos

Son para Dennis Manion quien me presentó a Yana Marull. Ella me recibió en la costa caribe de Venezuela hace varios años en mi camino hacia la amazonia. Y a todos mis amigos que me han ayudado tanto, con su tiempo y su paciencia.

Y también a todos mis amigos de Puerto Ayacucho, Esmeralda, Ocamo, Lau Lau y de los shabonos Yanomami del alto Orinoco y de la Amazonia brasileña.

Mi gratitud y mi amor para mi hijo Armando, para Cyntha y para Christian, quienes han compartido conmigo los momentos más preciosos de mi vida.

Y mis más sinceros agradeciementos a Jaime Díaz-Puentes, Richard Raynaud, Taciana Gómez Malet, Xavier Reinoso y Jean Claude Cointepas por sus contribuciones editoriales y a Peggy Ford-Fyffe King, qien con su talento tan bien ha sabido realzar la historia y las ilustraciones.

Una historia llena de sentido para niños y adultos

La magia de la Amazonia, escrito e ilustrado por Barbara Crane Navarro, figura en la línea de "El libro de la selva": un libro para niños que también es relevante para adultos.

El contenido es muy divertido y original, sobretodo cuando los diferentes personajes, como la Anguila Eléctrica o la Hierba del Retroceso (que lleva a cualquier persona que camina sobre ella a perder su camino), hablan y conspiran entre ellos.

Las costumbres de los Yanomami y los hechos reales se mezclan con historias imaginarias inesperadas y sorprendentes. El libro nos da una visión de la Amazonia, ese lugar en peligro, misterioso y fascinante.

– *M. Howard*

Una historia portadora de un mensaje

La Magia de la Amazonia nos hace penetrar en un mundo que podría parecer fantástico, donde los seres humanos, los animales y las plantas se hablan, bromean y conspiran entre ellos. Lo evidente es que los seres humanos no están por encima de las demás criaturas. Todos son dependientes entre sí, y cada uno posee conocimientos particulares.

Las plantas y los animales hacen crecer al personaje central, Namowë, sin que él pueda sustraerse de la búsqueda de un remedio para salvar a su joven hermana que se encuentra enferma. Realizando este palpitante trayecto a través de la selva, él dio un gran paso hacia la madurez.

Detrás de esta bella historia tan bien ilustrada, el mensaje es claro: nosotros, los seres humanos, no estamos aislados ni cortados de nuestro medio ambiente.

– *John L. Pope*

Un cuento iniciático

Desde sus primeras páginas *La Magia de la Amazonia*, este libro encantador para niños, describe un mundo casi inimaginable en el siglo XXI. Un mundo tropical, exuberante, agitado, desbordante de una vida en comunión con los espíritus de los animales y de las plantas.

Todo comienza en el interior de un shabono, la habitación colectiva de los Yanomami. Un chamán danza dentro de la luz del fuego de un hogar, una danza ritual que implora a los espíritus la curación de Yarima, una bebé enferma. Namowë, su hermano de 13 años, espera partir al día siguiente a su primera cacería con los hombres de la comunidad. Pero, en lugar de eso, para salvar a su hermana él deberá ir en busca de una planta que el chamán no posee. Con un guiño en referencia al viaje de Dorothy en *el Mago de Oz*, el viaje de Namowë hasta la montaña del Jaguar está marcado por los encuentros con las plantas y los animales que hablan: algunos irritables, sarcásticos, todos ocupados y locuaces.

Como los mejores cuentos de iniciación, *La Magia de la Amazonia* está colmada de peligros que ponen a prueba las habilidades del héroe. Es también un grito de alarma que nos sensibiliza sobre la destrucción de las selvas tropicales del planeta.

Barbara Crane Navarro presenta un mundo y una cultura que ella conoce bien por haber residido largos periodos de tiempo con los Yanomami. Sus ilustraciones que combinan simplicidad y sofisticación describen con poesía un universo maravilloso en el que una comunidad mantiene aun, a pesar de todo, su riqueza cultural como lo han venido haciendo desde hace miles de años.
    – *B. Alexandra Szerlip*

¡No pierdas el secundo volumen de la serie!

LA MAGIA DE LA AMAZONIA: Las aventuras de Meromi, un niña Yanomami

El sorprendente viaje de Meromi

Este segundo volumen de *La Magia de la Amazonia* narra las aventuras de Meromi, una niña de 9 años, que dejando su pueblo, afronta los peligros y misterios de la selva. En su camino encuentra a un gran número de criaturas, desde jaguares hasta delfines y mariposas gigantes, que se convierten en sus amigos y consejeros. Esta intrigante historia se entrelaza con aspectos de la vida y costumbres Yanomami. En este libro, sus bellas ilustraciones invitan al lector a acompañar a Meromi en su maravilloso viaje.
– *M. Howard*

Un delicioso y entretenido cuento universal

Resonando con los suspiros y sonidos de la jungla amazónica, esta encantadora historia, nos embarca en un viaje lo más alejado posible de nuestro mundo moderno. Vívidas ilustraciones nos acercan a las tradiciones, mitos y sueños de los Yanomami mientras seguimos a Meromi, una chica con una fuerte personalidad, en su viaje iniciático. Eso es una historia universal que deleita, entretiene, y al mismo tiempo saca a la luz la vida cotidiana de una de las últimas culturas de cazadores-recolectores que pueblan nuestra tierra.
– *M. Videmont*

Un verdadero viaje mágico

*La Magia de la Amazonia, las aventuras de Meromi, una niña Yanomam*i, nos narra las aventuras de una niña en la selva amazónica es tan atractivo como el libro anterior. Las excelentes ilustraciones de Barbara son otra vez un éxito. Seguimos a Meromi, una niña Yanomami, en estas aventuras emocionantes y a veces peligrosas. Pero Meromi no está sola; cuando se encuentra con los hombres malvados que destruyen la naturaleza, pelea contra ellos, auxiliada por sus amigos, los animales de la selva, que la ayudan a expulsar a esos malhechores de esta última. Es un viaje mágico para Meromi que aprende mucho sobre la vida en la selva y sobre su posición en la comunidad Yanomami. La Serie, "*La Magia de la Amazonia*" transportará a sus jóvenes lectores al corazón de la selva con toda su maravillosa belleza. – *K. Snyder*

CPSIA information can be obtained at www.ICGtesting.com
Printed in the USA
LVIW01n1208260117
522275LV00002B/17

* 9 7 8 2 9 5 4 7 4 6 1 4 2 *